AF315164

LE BACHA DE SMIRNE,

COMÉDIE

EN UN ACTE ET EN PROSE,

Représentée par les Comédiens Italiens Ordinaires de SA MAJESTÉ, pour la premiére fois, le 9. Septembre 1747.

Par M * * *. *Colet medec*

*Laudatus abunde
Si fastiditus non tibi lector ero.*

Prix vingt-quatre sols.

A PARIS,

Chez CAILLEAU, rue S. Jacques, au-dessus de la rue des Mathurins, à S. André.

M. DCC. XLVIII.

Avec Approbation & Permission.

EPITRE DEDICATOIRE.

FILLE des Graces & de l'Amour
La divine Poësie
Consacra toûjours son génie
Aux Déités, dont elle tient le jour;
De ces Divinités noble & vivante image,
*Charmante * * *, souffrez*
Que ces foibles essais, dont je vous fais l'hommage,
Vous soient à jamais consacrez.
Votre goût égale vos charmes,
Lui seul à mes travaux peut donner quelque prix;
C'est de vos jeux que l'enfant de Cypris
Emprunte ses plus fortes armes,
Et c'est de votre goût que le docte Apollon,
Prend les leçons qu'il lit dans le sacré vallon.

Ainsi qu'une rose brillante
Nous attire au matin par des charmes puissants;
Le soir flétrie & languissante,
N'a plus rien qui flatte nos sens:

A ij

Ainſi la beauté plaît, charme & bientôt s'efface ;
Sans les tréſors de l'eſprit & du cœur
Son empire paſſe
Auſſi vîte qu'une fleur :
Mais ces tréſors divins étendent ſa puiſſance
Au-delà de ſon exiſtance :
Par eux elle ſurvit à ſes propres attraits ;
Ainſi votre beauté ne peùt finir jamais.

AVERTISSEMENT.

CETTE Piéce eſt toute de mon invention : On n'y trouvera point de ces détails brillants, de ces portraits chargés, qui pour l'ordinaire ne reſſem-blent à rien, qui pétillent d'eſprit & qui montrent toujours le Poëte, alors qu'on ne devroit voir que l'Acteur, & pour leſquels cependant on néglige au-jourd'hui ce qui conſtitue le fonds d'une vraie Co-médie, c'eſt-à-dire, l'action : on y verra encore moins de ces tirades toutes ſemées de penſées fines & entortillées, que l'on devine bien plutôt qu'on n'entend, & qui depuis un certain tems ſont ſi fort à la mode, qu'un ouvrage ne paroît marqué au bon coin qu'autant qu'il en renferme un plus grand nombre : enfin les amateurs de ce nouveau jargon précieux & biſare, qui fourmille de tant de mots ſi ſinguliérement forgés & encore plus ſinguliérement aſſortis, lequel infecte à préſent tous les genres d'écrire, & dont très-peu d'écrivains ont eu la force de ſe garantir : les amateurs, dis-je, de ce jargon ne s'amuſeront pas beaucoup à lire cette Comédie ; car j'ai évité comme un défaut tout ce qui pouvoit flat-ter leur goût en cela. Je n'ai prétendu, en faiſant cet Ouvrage, que mettre ſur la ſcene une action qui pût amuſer & intéreſſer en fourniſſant un peu au jeu des Acteurs que j'y introduis : j'ai eſſayé d'écrire une Comédie d'un ſtile ſimple & pur, & de ne tirer mes plaiſanteries que du fonds de mon ſujet. C'eſt au public à juger ſi j'ai bien ou mal réuſſi : j'écouterai ſa déciſion avec la ſoumiſſion & le reſpect que l'on a pour ceux à qui l'on deſire de plaire, & dont les ſeules lumiéres peuvent éclairer un jeune Auteur, qui cherche moins les applaudiſſements que les moyens d'acquérir ce qu'il faut pour les mériter.

ACTEURS.

ISABELLE, sous le nom de
Selim, Bacha de Smirne,   *Mlle. Riccoboni.*

LEANDRE, Amant d'Isabelle,
en habit d'Esclave,   *M. Rochart.*

ZELICA, Esclave,   *Mlle. Catine.*

ARLEQUIN, Esclave,   *M. Carlin.*

HASSAN, Gouverneur des
Esclaves du Bacha,   *M. Ciavarelli.*

ZERBIN, Valet de Leandre,
aussi en habit d'Esclave,   *M. Deshaïes.*

*La Scene est dans les Jardins du Serail du Bacha
de Smirne.*

LE BACHA DE SMIRNE,
COMÉDIE.

Le Théatre repréfente des Jardins agréables : fur les côtez on voit dans le fonds les Bâtiments d'un Serail : le Théatre n'eft éclairé qu'autant qu'il le faut pour donner l'idée d'une belle foirée d'Eté.

SCENE PREMIERE.

ARLEQUIN ET ZELICA.

ZELICA.

QUOI perfide, il eft donc vrai que Zelica ceffe de te plaire?

ARLEQUIN *froidement.*

Oui.

ZELICA.

Ingrat, ne fauroit-elle donc plus efpérer de toucher ton cœur ?

ARLEQUIN.

Non.

ZELICA.

Et tu préféres ton efclavage aux offres que je t'ai faites
de te rendre la liberté, & de te fuivre par tout ?

ARLEQUIN.

Sans doute.

ZELICA.

Cruel, tu veux donc me voir mourir ?

ARLEQUIN.

Oh, je n'en ferois pas fâché, feulement parce que cela
feroit enrager ce Bacha que vous aimez fi fort.

ZELICA.

Moi, j'aime Selim ?

ARLEQUIN.

Eh, fi vous ne l'aimiez pas, quel plaifir trouveriez-
vous d'être toujours avec lui ? Moi quand je vous aimois,
je ne pouvois me plaire avec d'autres que vous : & puis
Haffan, notre Gouverneur, me difoit encore tantôt, que
Selim abandonnoit pour vous feule toutes fes autres Efclaves, & cela eft vrai : car je vois fouvent ces pauvres filles
fe promener dans ces jardins d'un air trifte & languiffant.

ZELICA.

Mais je t'ai tant de fois juré que je n'aimois que toi . . .

ARLEQUIN.

Eh oui, les faux ferments ne vous coutent guéres à vous
autres fémelles.

ZELICA *voulant prendre les mains d'Arlequin.*

Ces ferments font vrais, mon cher Arlequin.

ARLEQUIN *la repouffant.*

Allons, finiffez . . . au diable . . . il falloit n'aimer que
moi.

ZELICA.

Si je pouvois te révéler un fecret que je fuis forcée de
te cacher, tu ne m'accuferois pas d'en aimer un autre
que toi.

ARLEQUIN.

Et vous ne fauriez révéler ce fecret ?

ZELICA.

Cela m'eft impoffible.

ARLEQUIN.

Impossible à une femme de révéler un secret ! il faudroit donc qu'elle fût muette, & encore l'expliquerоit-elle par signes … allons vous badinez … serviteur.

ZELICA.

Arrête, eh bien … tiens … promets-moi de n'en rien dire à personne.

ARLEQUIN.

Eh que diable veux-tu que je dise, je ne sai rien.

ZELICA.

Et quand tu sauras quelque chose …

ARLEQUIN.

Oh je ferai comme toi.

ZELICA.

Eh bien, mon cher Arlequin, ce Bacha qui t'allarme si fort, est une fille Italienne nommée Isabelle.

ARLEQUIN *faisant son lazzi de surprise.*

Une fille !

ZELICA.

Oui une fille & rien de plus.

ARLEQUIN.

Une fille ! … oh non je ne saurois croire cela.

ZELICA.

Pourquoi ?

ARLEQUIN.

C'est un conte : les filles ne font pas faites pour tuer les hommes, ainsi que ton Isabelle …

ZELICA.

Cette Isabelle en combattant les ennemis du Sultan, ne cherchoit qu'à perdre une vie qui lui étoit importune.

ARLEQUIN.

Eh comment vouloit-elle que ces gens-là lui fissent perdre la vie, puisqu'elle les assommoit tous avant qu'ils l'eussent tuée … Mais après tout, qui pouvoit l'empêcher de se plaire au monde ? Il est si doux de vivre.

ZELICA.

L'amour, mon cher Arlequin.

ARLEQUIN.

L'amour ! peste, voilà qui commence à devenir sérieux … Eh bien, voions donc … l'amour ! ça promet quelque chose cela.

ZELICA.

Oui, l'amour qu'Ifabelle confervoit pour un jeune homme, qu'elle avoit vû tomber, percé de plufieurs coups, en défendant fa liberté contre les Corfaires, qui la firent Efclave ; cet amour, dis-je, lui faifoit tout tenter pour ne pas furvivre à fon amant : & comme elle s'étoit échappée des mains des Corfaires, fous l'habit de Turc, & que la guerre étoit alors allumée dans les Etats du Grand Seigneur, elle crut que le plus fur moyen pour rejoindre bientôt ce qu'elle aimoit, étoit de combattre dans les troupes du Sultan : fon défefpoir lui a fait faire des actions de valeur inouies, qui lui ont attiré l'amitié de notre Souverain, & l'ont élevée à la dignité de Bacha de Smirne.

ARLEQUIN.

Mais, puifque cela eft ainfi, pourquoi le Sultan t'a-t-il tirée de fon Sérail & donnée à Selim pour être fon époufe ? Eft-ce que l'on marie les filles enfemble dans ce pays-ci ?

ZELICA.

Le déguifement d'Ifabelle a trompé le Grand Seigneur, & c'eft pour lui faire honneur, & lui marquer fon eftime, que ce Monarque m'a deftinée à recevoir fa main.

ARLEQUIN.

Tout de bon.

ZELICA.

Tout de bon ; qu'y a-t-il donc là dedans de furprenant ?

ARLEQUIN.

Cela fait honneur à Selim de t'avoir reçue du Sultan ?

ZELICA.

Sans doute.

ARLEQUIN.

Oh, ma foi, vous avez ici de plaifants honneurs : quoi prendre pour femme un objet dont fon Maître eft las, eh c'eft un honneur de Valet de chambre cela ? Le malheur eft que ce Bacha n'a pas trop bien foutenu ce grand honneur-là, & je crois que tu ne t'en es pas trop bien trouvée.

ZELICA.

L'amour que j'ai conçu pour toi m'a fait regarder comme un bonheur ce qui auroit dû me fembler une difgrace ; & je craignois l'hymen auquel j'étois deftinée, comme on craint

le plus cruel ſuplice : mais il y a environ quinze jours qu'Iſabelle a mis fin à mes craintes en me dévoilant le miſtére
de ſon ſexe & de ſon amour ; la joie la plus vive la tranſ-
portoit, elle venoit de voir Leandre, cet Amant ſi cher
qu'elle avoit cru dans le tombeau.

ARLEQUIN.

Ah ! je reſpire : j'étois fâché que ce Leandre fût mort :
car il me ſemble que cela doit faire un fort joli garçon...
Je veux le voir & faire connoiſſance avec lui... Viens,
Zelica, viens nous faire boire enſemble....

ZELICA.

Plût aux dieux que cela fût poſſible.

ARLEQUIN.

Comment.... Leandre, n'eſt-il pas dans ce Palais ?

ZELICA.

Il n'eſt plus dans ce pays.

ARLEQUIN.

Il ne ſait donc pas que ſa Maitreſſe eſt Bacha ?

ZELICA.

Non, mais il a reçu une lettre par laquelle Iſabelle lui
faiſoit ſavoir qu'étant Eſclave du Bacha de Smirne, elle
ne fondoit l'eſpoir de ſa liberté que ſur ſa tendreſſe ; par
cette feinte, Iſabelle vouloit apprendre, avant de ſe découvrir, ſi Leandre lui étoit encore fidéle. S'il m'aime,
diſoit-elle, il va tout tenter pour briſer mes fers, & je
connoîtrai ſon amour aux efforts qu'il fera pour me tirer
d'eſclavage.

ARLEQUIN.

Eh bien.

ZELICA.

Eh bien, depuis ce tems, Leandre n'a plus paru dans
cette ville, & j'ai ſu qu'il en étoit parti le jour même que
cette lettre fatale lui fut rendue.

ARLEQUIN.

Oh, cela n'eſt pas bien... Fi, Monſieur Leandre, c'eſt
fort mal fait à vous de laiſſer des filles dans l'eſclavage,
comme s'il n'y avoit rien à riſquer pour elles. (*à Zelica*)
Mais es-tu bien ſure qu'il ait reçu la lettre ?

ZELICA.

On ne ſauroit l'être davantage.

ARLEQUIN.

Oh, fi je tenois ce perfide-là.... Mais tu es bien fûre qu'il a reçu la lettre?

ZELICA.

Je n'en faurois douter.

ARLEQUIN.

Je lui apprendrois à trahir les gens... Il a reçu la lettre n'eft-ce pas?

ZELICA.

Eh oui, c'eft moi-même qui en ai chargé Haffan, & ce ferviteur fidéle l'a remife entre les mains de Leandre même.

ARLEQUIN.

Le traître! l'ingrat! fi je ne retenois ma colére.... morbleu .... (*tranquillement*) Mais après tout le plus court eft de ne plus fonger à ce petit indigne-là & de fe confoler.

ZELICA.

Se confoler! Ifabelle eft inconfolable: la douleur qui l'agite ne lui laiffe goûter aucun repos & lui fuggere mille projets, qui font auffi-tôt enfantez que détruits; mais celui de tous auquel elle femble s'être arrêtée, eft de quitter ces lieux & de fuivre fon Amant en Italie; elle efpére... Que fai-je moi ce qu'elle efpére? Les Amants ne voient-ils pas toujours des raifons d'efpérer où les autres n'apperçoivent que des fujets de défefpoir? Enfin pour exécuter ce projet, elle n'attend plus que quelques Efclaves Italiens, que le Gouverneur d'une ville voifine lui doit envoyer, & qu'elle veut emmener avec elle dans fa patrie.

ARLEQUIN.

Et quand elle partira, nous ferons du voyage.

ZELICA.

C'eft fon deffein.

ARLEQUIN.

Eh bien, qu'importe, qu'elle ait raifon d'efpérer ou non.... Mais je la voi... *Il rit.* Ah, ah, ah... Quel drôle de Bacha, ah, ah, ah, je te laiffe feule avec elle... Mais c'eft une fille au moins.

SCENE II.

ISABELLE *sous le nom de Selim*, ZELICA ET ARLEQUIN.

ISABELLE.

ARLEQUIN, allez dans le Palais attendre mes ordres.

ARLEQUIN *étouffant de rire.*

Oui, Monsieur le Bacha, ah, ah, ah, *faisant quelque pas pour s'en aller,* je n'y risque pas grand chose, *en revenant à Zelica,* tu ne me trompes point, c'est une fille.

ZELICA.

Oui, mon cher Arlequin.

ARLEQUIN *s'en allant.*

Je vous laisse ensemble de bon cœur, ... *revenant,* c'est une fille, n'est-ce pas?

ZELICA.

Eh oui, te dis-je.

ARLEQUIN.

C'est bon, adieu Zelica.

SCENE III.

ISABELLE ET ZELICA.

ISABELLE.

MON trouble, ma chere Zelica, me ramene à chaque instant près de vous; ce n'est que de votre tendre amitié que mon cœur reçoit un soulagement aux maux qu'il souffre sans cesse : je n'ai plus d'espérance de les voir jamais autrement s'adoucir : je suis résolue de passer en ces lieux le reste de mes jours infortunez : qu'irai-je faire en volant sur les pas de l'infidéle Leandre ? Rien autre chose qu'étaler ma honte & mon désespoir au sein de ma patrie : non, vos yeux en seront seuls les témoins : je sai votre amour pour Arlequin : je veux unir son sort au vôtre : & pour toute récompense du soin que je prends de votre bonheur, la seule chose que j'exige de vous, est que vous ne m'abandonniez pas seule à mon désespoir.

ZELICA.

Vous connoissez les droits que l'amitié vous donne sur Zélica, & vous pouvez... Mais que nous veut Hassan ?

SCENE IV.

ISABELLE, ZELICA ET HASSAN.

HASSAN.

SEIGNEUR, le Gouverneur d'Ancyre vient de vous envoyer les Esclaves qu'il vous avoit promis, ils sont ici près : voulez-vous qu'on les fasse paroître ?

ISABELLE.

Non, Hassan, prens soin de fournir à leurs moindres besoins.

HASSAN.

Mais, Seigneur, vous ignorez peut-être que ces Esclaves sont tous Musiciens & Danseurs.

ZELICA.

Faites-les venir, Selim, leur Musique & leurs Danses pourront détourner pour quelques moments les funestes images qui troublent votre tranquillité.

ISABELLE.

A Hassan. Qu'il viennent ... *Hassan sort.* *à Zelica.* C'est pour vous procurer un leger amusement, ma chere Zelica, plutôt que pour me distraire de mes chagrins, que je cherche à voir ces Esclaves : un cœur comme le mien n'est capable de sentir que sa douleur. Je les vois, asseions-nous sur ce gazon.

SCENE V.

ISABELLE, ZELICA et HASSAN
qui revient suivi de huit Esclaves conduits par ARLEQUIN.

Marche des Esclaves.

Pendant cette marche, Arlequin fait plusieurs lazzi, il regarde & examine grotesquement tous les Esclaves, & s'arrête à Zerbin, à qui il témoigne par ses gestes vouloir faire amitié avec lui; Zerbin répond à ses lazzi d'une maniére triste & ridicule.

ZELICA.

LEurs danses me plaisent, je voudrois que leurs chants fussent aussi agréables.

LEANDRE, *l'un des Esclaves, chante.*

Souffrez que l'amour vous engage :
Ses fers ont des douceurs, dont on est enchanté;
Un si doux esclavage,
Vaut bien la liberté.
Si vous voulez fuir les peines,
Formez de tendres desirs :
Le Dieu des cœurs n'a des chaînes
Que pour fixer les plaisirs.

Souffrez que l'amour, &c.

ARLEQUIN, *pendant que Leandre chante, s'approche de lui, fait plusieurs lazzi, & après avoir répété la fin de l'Ariette, il dit:*
Il ne chante pas mal celui-là.

ISABELLE.

Quel son de voix! quels traits! ah, ma chere Zelica,
c'est Leandre, c'est lui-même: ô Dieux, quels transports!
quels plaisirs! je le revois; je l'entens.... Mais dans quel
état? O ciel, privé de sa liberté, chargé de chaînes; hé-
las! j'en suis la cause; il a voulu me fuir, il est tombé
dans les fers..... Ah, j'oublie qu'il est infidéle pour ne
penser qu'aux peines, qu'il a déja souffertes dans son esclavage... Interrogez-le, ma chere Zelica, faites-vous ins-
truire des causes de son malheur; mon trouble ne me permet pas de le faire, à peine puis-je empêcher mes transports de me trahir.

ZELICA à *Leandre*.

Votre voix m'a fait plaisir; quelle est votre patrie?

LEANDRE.

Messine m'a vû naître, (*montrant Zerbin*) ainsi que ce
jeune homme, que ma chute a entraîné avec moi.

ISABELLE à *part*.

C'est Zerbin... Une vaine erreur ne m'a point séduite.

ZELICA.

Et quel sujet vous a fait quitter ce pays?

LEANDRE.

Le Commerce m'avoit attiré à Smirne ; & je retour-
nois en Sicile, quand j'ai perdu mes richesses & ma liberté.

ZELICA.

Mais, n'aviez-vous rien découvert pendant votre séjour
dans cette ville, qui pût diminuer la peine d'avoir été con-
traint d'y revenir?

LEANDRE.

Eloigné de ma patrie, & séparé d'une épouse qui m'est
chere, que puis-je trouver en ces lieux qui me plaise & qui
m'intéresse?

ISABELLE à *part*.

O ciel!... *aux Esclaves*, c'en est assez, retirez-vous.

Les Esclaves sortent.

SCENE

SCENE VI.
ISABELLE et ZELICA.
ISABELLE.

L'Ai-je bien entendu ?... Dieux ! il faut donc renoncer à l'espoir d'être un jour à Leandre ; quel tourment ! quel suplice ! une autre possède son cœur ; une autre a reçu sa foi.... Ce n'est plus pour la malheureuse Isabelle qu'il respire encore.... Le voilà donc le sujet d'un si prompt départ ; le cruel ! il auroit cru manquer à son nouvel amour s'il avoit cherché à me voir. Quelle barbarie ! il me croit accablée sous le poids de mes fers, & il ne songe qu'au plaisir de revoir une épouse qu'il aime : son cœur n'a pas même conservé des sentiments d'humanité pour moi ; ah ! je succombe à tant de maux.

ZELICA.

Le perfide est en votre pouvoir, il est permis de se venger de qui nous trahit.

ISABELLE.

Moi ! me venger sur Leandre, ah ! les maux que je lui ferois souffrir, me seroient plus sensibles qu'à lui-même : je me reproche déja d'avoir tant tardé à briser les liens de sa captivité ; chaque instant est un nouveau supplice pour ceux qui sont dans l'esclavage ; j'aurois dû lui épargner ces instants funestes, il a dû souffrir ... Ah ! ma chere Zelica, courez, dites au fidéle Hassan, que je veux qu'à l'instant même, les deux Esclaves de Messine soient libres.... dans mon malheur, je me trouve encore heureuse que le sort m'ait donné le pouvoir de tirer ce que j'aime, de l'état le plus affreux.   *Elles sortent.*

Pendant cette Scene, le Théatre s'obscurcit insensiblement, de façon qu'à la fin la nuit est close.

SCENE VII.
LEANDRE et ZERBIN.
LEANDRE.

TANDIS qu'Hassan fait les préparatifs nécessaires pour ses nouveaux Esclaves, il nous permet de nous écarter un peu dans ces jardins ; profitons de ces moments pour obferver la difpofition de ces lieux ; & s'il fe peut, affurer le fuccès de notre entreprife.

ZERBIN.

Oui, vous allez faire de belles découvertes, à préfent qu'on n'y voit goute.

LEANDRE.

Malgré l'inquiétude qui m'agite, j'ai quelque peine à m'empêcher de rire, quand je vois Haffan trompé par notre ftratagême, nous ouvrir, pour ainfi dire, l'entrée de ce Serail, après avoir conftamment refufé les offres avanta- geufes que je lui ai fait réiterer cent fois depuis quinze jours, pour introduire deux étrangers dans ces jardins feulement.

ZERBIN.

Oh cela ne me fait point rire du tout moi, on n'a qu'à nous furprendre ... j'en meurs de crainte ... diable, c'eft qu'on court ici de certains rifques ...

LEANDRE.

Va, j'ai tout difpofé de façon que tu ne dois rien appré- hender.

ZERBIN.

Mais voyez quelle chienne d'imagination, de venir fe rendre efclave de propos déliberé, pour tirer une autre d'efclavage.

LEANDRE.

Eh, que pouvois-je faire de mieux ? Ifabelle m'avoit fait favoir que le Bacha avoit conçu de l'amour pour elle, & que par conféquent la voie de la rançon m'étoit interdite : défefpeté de ne pouvoir vaincre l'inflexibilité d'Haffan, & ne trouvant aucun moyen de pénétrer en ces lieux, & d'en arracher Ifabelle, j'apprens par un heureux caprice du fort, que le Gouverneur d'Ancyre envoye des Efclaves Italiens à Selim ; je me ménage avec les conducteurs de ces Efclaves, & je les fais confentir fans peine, à nous laiffer prendre la place de deux de ces malheureux, à qui par ce moyen j'ai rendu la liberté. J'entre en ces lieux fous l'apparence d'un Efclave....

ZERBIN.

Eh oui, l'apparence d'un Efclave, mais cette apparence va bientôt fe changer en réalité, s'il plaît à ce vilain Bacha... oh, qu'il a l'air rebarbatif ! a-t-il daigné feulement nous dire un mot... *c'en eft affez, retirez-vous* ...Eft-ce qu'il s'imagine, parce qu'il est Turc, qu'on n'est pas d'aussi bonne maison que lui... oh, je ne sai pas ce que je donnerois pour que nous puissions lui enlever votre Maîtresse, quand ce ne seroit que pour nous venger de sa fierté.

LEANDRE.

La jeune Esclave qui m'a parlé, te plairoit mieux sans doute ? Elle n'est pas si fiere.

ZERBIN.

Oh non, la fierté n'est pas le vice des femmes de l'Asie... mais à propos, savez-vous bien que toutes les questions qu'elle vous faisoit, commençoient à m'embarrasser ; je vois de loin moi, & je craignois qu'on ne soupçonna nôtre dessein : ah, que vous avez eu d'esprit de trouver là tout à propos ce mariage, pour faire finir ses interrogations : ma foi dans ce pays, comme ailleurs, les femmes ont bientôt fini la conversation avec un homme marié ; il ne faut que ce titre pour perdre le droit de les amuser... *Se rejettant avec précipitation sur Leandre.* Ahi... je suis mort.

LEANDRE.

Eh quoi... qu'as-tu donc ?

ZERBIN.

Plus de peur que d'assurance, Monsieur.

LEANDRE.

Mais encore...

ZERBIN.

Ah, vous allez renouveller ma douleur... J'avois pris cet arbre pour un Turc.

LEANDRE.

Poltron.

ZERBIN.

Oh, si j'allois comme vous délivrer une Maîtresse, l'amour m'échaufferoit peut-être, & me donneroit du cœur : mais, Monsieur, je suis de sang-froid, & j'ai le tems de refléchir, qu'il n'est pas amusant de s'aller faire empâler pour le plaisir d'autrui.

LEANDRE.

Encore une fois, ne crains rien : j'ai remarqué une échelle ici près, & je suis muni de tout ce qui peut me servir au besoin : la nuit commence à s'avancer ; allons nous rendre auprès des autres Esclaves, & dès qu'ils seront endormis, & qu'Hassan se sera retiré, nous reviendrons..... Mais une feule chofe m'embaraffe, je ne connois point l'appartement d'Ifabelle, & fans cela...

ZERBIN.

Paix, je vois quelqu'un à travers l'obfcurité... c'eft Haffan... tâchons adroitement d'apprendre la chofe de lui.

SCENE VIII.

LEANDRE, ZERBIN et HASSAN.

HASSAN.

REjouissez-vous mes enfants, je viens vous apprendre une bonne nouvelle.

ZERBIN.

Oui-dà, nous réjouir, ne fommes-nous pas dans un bel équipage pour cela ?

HASSAN.

Réjouiffez-vous, vous n'êtes plus Efclaves : le Bacha a daigné jetter un regard favorable fur vous, il vous rend la liberté. *Il leur ôte leurs chaînes.*

ZERBIN *l'embraffant.*

Ah, l'honnête homme... mais qu'eft-ce qui croiroit cela à fa mine ?

HASSAN.

Vous êtes vos maîtres dès ce même inftant, & je vais vous conduire hors de ce jardin.

ZERBIN.

Allons, allons, il me tarde d'en être déja bien loin.

LEANDRE *à part.*

O ciel ! quel fâcheux contre-tems !... arrêtez Haffan, laiffez-nous au moins paffer ici la nuit.

ZERBIN *à Leandre.*

A quoi diable penfez-vous ? & demain le Bacha n'a qu'à changer de fentiment... *à Haffan.* Allons, dépêchons-nous, décampons.

LEANDRE *l'arrêtant.*

Traître, finiras-tu ? Veux-tu me faire perdre le fruit de toutes mes peines ? Si je fors d'ici, comment ferai-je pour y rentrer ? Qui délivrera Ifabelle ?

ZERBIN.

Ah...oui... ma foi, je n'y fongeois plus.

LEANDRE *à Hassan.*

Ne nous forcez point, je vous prie, à sortir de ces lieux ; où pourrons-nous trouver, à l'heure qu'il est, un endroit pour nous mettre en sûreté ?

ZERBIN.

Voulez-vous nous faire égorger par les brigants qui rodent toute la nuit dans les rues de cette ville ?

HASSAN.

Je ne puis absolument vous laisser ici plus long-tems ; mon Maître m'a commandé de vous renvoyer à l'instant ; il veut être obéi, & s'il vous retrouvoit ici demain, nous ferions peut-être tous trois les victimes de sa colére.

ZERBIN *à Leandre.*

Diable, il a raison ... il me semble que je le vois déja dans sa fureur ... Quels yeux il roule dans sa tête ... Ah, Monsieur, ne nous exposons pas à cela ... Venez, venez, le plus sûr ....

LEANDRE *à Zerbin.*

Pendart, si tu ne cesses, crains ma colére ... *à Hassan ;* Nous sortirons avant l'Aurore.

HASSAN.

Bon, avant l'Aurore, mon Maître a rodé partout ici bien long-tems avant qu'elle paroisse ; je ne sai à qui diable il en a, mais il ne dort non plus qu'un lutin.

LEANDRE.

Quoi, nous ne pouvons rien attendre de vous ? ...

ZERBIN.

Quoi, vous ne voulez pas vous laisser attendrir ? ...

LEANDRE.

Voyez à quoi vous nous exposez ...

ZERBIN.

Songez que vous nous envoyez à la mort ...

LEANDRE.

Serez-vous inflexible ? ...

ZERBIN.

Serez-vous pire qu'un rocher ?

LEANDRE.

Si le sort vous rendoit malheureux ...

ZERBIN.

S'il vous mettoit à notre place ...

LEANDRE.

Ne desireriez-vous pas ? ...   B iij

ZERBIN.
N'auriez-vous pas bonne envie....

LEANDRE.
De trouver des gens qui....

ZERBIN.
De rencontrer des personnes....

LEANDRE *à Zerbin.*
Eh tais toi : tu me troubles à chaque parole.

ZERBIN *à Leandre.*
Eh finissez, Monsieur, vous m'empêchez de m'expliquer.

LEANDRE *à Hassan.*
Je vous promets...

ZERBIN.
Je vous jure....

HASSAN.
Epargnez-vous de plus longs discours, il faut que j'exé-
cute les ordres de mon maître.

LEANDRE.
Puisque nos priéres ne peuvent rien sur vous, acceptez
du moins ce présent, *il lui présente sa bourse,* & attendez
tout de ma reconnoissance si vous consentez ...

HASSAN *d'un air embarrassé.*
Non, il n'est point de présent qui puisse me faire mettre
ma vie en danger. *à part.* Cet argent me tente pourtant
diablement : ah, si j'avois un peu plus de courage ...

ZERBIN *prenant la bourse.*
Eh, Monsieur, donnez-moi cet argent, sortons d'ici,
& je vous promets moi de vous y faire rentrer quand vous
voudrez, sans avoir d'obligation à cet animal-là.

HASSAN.
Comment ? Qu'est-ce à dire ?

LEANDRE.
Cela signifie que tu n'auras rien, & que je resterai ici
malgré toi.

HASSAN.
Ah, nous l'allons voir, je vais avertir le Bacha.

LEANDRE.
Va, cours, mais apprens que nous ne sommes point des
Esclaves envoyez par le Gouverneur d'Ancyre : nous nous
sommes servis de ce déguisement pour nous introduire dans
ces lieux, & en tirer une femme que j'aime, & qui est

Esclave de Selim : va préfentement lui dire que je ne veux pas fortir de ce jardin, & je lui foutiendrai moi, que c'eft toi qui nous y a introduits, & que fi tu nous trahis, c'eft parce que je ne puis fatisfaire à ton avarice.

Z E R B I N.

Fort bien, courage, ma foi voilà le trait d'un honnête homme.

H A S S A N.

Quelle impudence ! quelle audace ! je demeure confondu.

Z E R B I N.

Eh bien, va donc, cours vîte, je m'imagine qu'il feroit affez plaifant de te voir couper le col.

H A S S A N.

Quoi, vous auriez l'éfronterie.

Z E R B I N.

Oh, je t'en répons, tu peux en effayer, il ne t'en coûtera pas grand chofe.

H A S S A N *à part.*

Je fuis pris ; comment me tirer de ce mauvais pas ? Le plus court eft de faire réuffir au plûtôt leur deffein & de me débaraffer d'eux .... mais tâchons au moins d'avoir l'argent.... ils ne fauroient me le refufer.... *à Leandre.* Ah ça, je confens de vous fervir dans votre entreprife ; mais je trahis mon Maître, & vous favez bien que fans quelques bonnes raifons, il eft difficile d'oublier ces fortes de fautes-là.

Z E R B I N.

Oh, le tems eft un grand maître.

H A S S A N.

Mais, au moins, par reconnoiffance....

Z E R B I N.

Oui, de nous avoir voulu faire égorger.

H A S S A N.

Vous m'aviez promis l'argent....

Z E R B I N.

C'étoit pour éprouver ta fidélité ; mais rien ne fauroit l'ébranler ; ah tu es un honnête homme !

H A S S A N.

Quoi vous voulez que je vous ferve pour rien.

Z E R B I N.

Tu n'aimes pas l'argent, on veut t'en donner, tu le refufes ; tu es trop généreux pour obliger par intérêt.

HASSAN *à part.*

Il faut avaler le poison tout entier ; je ne saurois faire autrement ... ah ! que, si je pouvois, je me vangerois bien de ces maudits hommes-là, *à Leandre.* Eh bien voyons que faut-il faire ?

LEANDRE.

Me montrer l'appartement d'Isabelle.

HASSAN.

Isabelle ! Selim n'a point d'Esclave de ce nom-là.

LEANDRE.

Bon, tu cherches à m'en imposer ?

HASSAN.

Non, je vous jure, je ne connois point ici d'Esclave appellée Isabelle.

LEANDRE *à part.*

Cet homme me fait trembler.... *à Hassan.* Quoi une Italienne ?

HASSAN.

Encore moins, je vous proteste qu'il n'y a non plus ici d'Italienne que d'Isabelle.

LEANDRE *à part.*

O ciel ! te jouerois-tu de mon amour ? Mais pourquoi m'allarmer ? Isabelle aura changé son nom & celui de sa patrie, & j'ai d'ailleurs un moyen assuré pour me faire entendre, *à Hassan.* Te souvient-il d'avoir rendu il y a quinze jours une lettre à un étranger nommé Leandre ?

HASSAN.

Oui, je m'en souviens.

LEANDRE.

Et tu te rappelles aussi l'Esclave qui t'en avoit chargé.

HASSAN.

A merveilles, *à part.* C'est Zelica.

LEANDRE.

Elle est dans ce Serail.

HASSAN.

Sans doute.

LEANDRE.

Ah ! je suis le plus heureux des mortels, eh bien, c'est elle, c'est cette Esclave que j'aime & que je viens chercher.

HASSAN.

Et vous dites qu'elle est Italienne ?

LEANDRE.

J'en suis sûr.

HASSAN.

Vous vous trompez : car celle, dont nous parlons, est une Géorgienne, qui a été long-tems dans le Serail du Grand Seigneur, & qui après avoir été honorée de la tendresse de ce Monarque, a été donnée à Selim comme une marque de la bienveillance & de l'estime de son Maître.

LEANDRE.

Tout cela peut être, excepté l'honneur que tu prétens qu'elle a reçu du Sultan : Isabelle m'aime trop ... & sans doute que ce Monarque lassé de ses rigueurs ....

HASSAN.

Bon, les Souverains ont-ils jamais des rigueurs à éprouver de la part des belles ?

LEANDRE *rêvant.*

Mais enfin, je commence à craindre...Ne peut-il pas bien arriver que... ah ! c'est faire injure à Isabelle... mais après tout, elle m'a cru mort pendant long-tems, & ...

HASSAN.

D'un autre côté, je ne sai si vous pourriez la faire consentir à vous suivre, car elle est diablement éprise de Selim.

LEANDRE.

Elle aime Selim ?

HASSAN.

Elle en est folle.

LFANDRE.

La perfide, ah, c'en est trop ...

ZERBIN *à part.*

Ma foi, le voilà bien avancé.

LEANDRE.

Et l'ingratte ose encore espérer en mon secours ...

ZERBIN.

N'étoit-ce pas bien la peine de venir exposer sa vie pour un aussi rare bijou que celui-là ?

LEANDRE.

Mais, c'est trop offenser Isabelle par d'indignes soupçons, elle a pu feindre un amour qu'elle ne sent pas, afin de diminuer le poids de ses chaînes.

ZERBIN.

Et c'est agir en femme sensée.

LEANDRE.

Non, son cœur n'est point fait pour me trahir... je veux la voir, & l'amour me dit que je vais la retrouver fidelle.

ZERBIN.

Isabelle fidelle, en sortant du Serail du Grand Seigneur, quelle idée !

LEANDRE.

Hassan, conduis mes pas....

HASSAN.

Non, il vaut mieux que je fasse ici le guet ; vous n'aurez pas besoin de moi ; tenez, voyez-vous cette fenêtre... la... dans le lointain... vers ce grand arbre.

ZERBIN.

Eh, comment veux-tu qu'on voie cela de si loin, tandis que nous nous voyons à peine de bien près?

HASSAN.

Eh bien, c'est la troisiéme fenêtre de gauche à droite de cette grande gallerie.

ZERBIN.

A la bonne heure, cela s'entend... Ah ça, prens bien garde au moins : il y va autant du tien que du nôtre.

Léandre & Zerbin sortent, & reparoissent un moment après dans le lointain ; Zerbin porte une échelle, qu'il pose, après avoir long-tems cherché, au milieu d'un pavillon. Leandre, par ses gestes, excite Zerbin à monter à l'échelle ; Zerbin le refuse par les siens. Leandre monte & Zerbin se met à tenir le pied de l'échelle.

SCENE IX.

HASSAN.

QUE je suis un grand sot d'avoir refusé l'argent que cet homme me présentoit ! Ah, je suis bien puni de ma faute.... je suis obligé de faire pour rien, ce qui auroit fait ma fortune, si j'y avois consenti de bonne grace.... je tremble que quelqu'accident ne nous arrive.... pourquoi diable aussi m'aller aviser de vouloir être honnête homme ; c'est bien-là mon métier à moi d'avoir de l'honneur.... paix.... écoutons.... j'entends du bruit ;....

mais, non…… ce n’eſt rien…. * Ah ! tout eſt perdu, Leandre s’eſt trompé, il a pris l’appartement du Bacha pour celui de Zelica, Selim vient de paroître, il l’a vû, il le ſuit, je l’entens, où me cacher ? où me ſauver ? Ah ! le voici, je ſuis mort.

Haſſan ſe jette à terre derriere un tronc d’arbre : Iſabelle deſcend d’une terraſſe qui eſt devant ſon appartement, elle eſt armée d’un ſabre & accompagnée de Soldats auſſi armez, & d’Eſclaves qui portent des flambeaux.

S C E N E   X.

ISABELLE, HASSAN *caché, ſuite d’Iſabelle.*

I S A B E L L E.

QUELLE trahiſon ! mes ennemis viennent juſqu’en mon Palais attenter à ma vie ! Les lâches ſe ſervent de l’obſcurité de la nuit, pour me ſurprendre ſans défenſe, & cacher leurs criminels complots… Mais qui peut les avoir conduits en ces lieux ? Qui peut leurs avoir ouvert l’entrée d’un ſéjour que mes ſoins rendent impénétrable ?　　　　　　　*Haſſan caché, éternue.*

I S A B E L L E.

J’entens du bruit …

Haſſan caché, éternue deux fois de ſuite.

I S A B E L L E.

C’eſt ſans doute un des coupables, cherchons : ciel ! que vois-je ? … Haſſan … Quoi, c’eſt vous qui me trahiſſez ?

H A S S A N *embaraſſé.*

Eh, Seigneur, ce n’eſt pas moi … je n’en ſuis pas capable … j’avois entendu du bruit, & je venois vous ſecourir …

I S A B E L L E.

Scélérat, tu viens pour me ſecourir, & tu te caches à ma préſence ? M’éviterois-tu ſi tu n’avois ſujet de redouter ma juſtice ? … Va, je ſai punir les traîtres : mais mérite ton pardon en me nommant tes complices.

―――――――――――

* Une fenêtre de l’appartement du Bacha s’ouvre, il en ſort une grande lumiére, à la faveur de laquelle on voit le Bacha & pluſieurs Eſclaves : Zerbin ſe ſauve & ſe cache dans le jardin.

HASSAN.

Ah, Seigneur, je fuis innocent . . .

ISABELLE *aux Soldats.*

Qu'on l'ôte de ma préfence ; Ibrahim, vous m'en re-
pondrez, ... laiffez-moi feul un moment ; je vais effayer
de découvrir les autres coupables ; *aux Efclaves ,* vous foyez
prêts à éclairer ces lieux au premier fignal.

Les Soldats emmenent Haffan.

SCENE XI.
ISABELLE.

LEs Turcs ne fouffrent mon autorité qu'avec impatien-
ce : je m'efforce en vain de les rendre heureux ; ce
n'eft pas là la premiére fois, qu'ils ont tenté de trancher
des jours que je n'employe, que pour leur félicité. Quelle
ingratitude ! . . . Mais j'entens quelqu'un . . . écoutons.

SCENE XII.
ISABELLE ET ZERBIN.

ZERBIN *s'avançant peu à peu.*

TOut eft calme . . . avançons . . . St . . . St . . . Eft-ce
toi Haffan ?

ISABELLE *parlant d'un ton bas.*

C'eft moi-même, *à part.* Voilà fans doute un des affaf-
fins, il me prend pour Haffan, feignons & tâchons de per-
cer ce miftére.

ZERBIN.

Oh, parbleu, nous venons de l'échapper belle . . . . ouf,
quelle peur m'a faifi, quand j'ai vû ton maudit Bacha à la
fenêtre . . . J'ai encore de la peine à en revenir . . . Mais
toi, comment t'en es-tu tiré ? . . . Eh . . . Eh . . . tu ne dis
rien ; eft-ce que la peur ta rendu muet ?

ISABELLE.

A peu près.

ZERBIN.

Mais, ma foi, elle t'a déja diablement changé la voix . .
c'eft ta faute auffi, fi tu avois voulu nous conduire, nous
n'aurions pas été prendre la fenêtre du Bacha pour celle
d'Ifabelle.

ÏSABELLE *à part.*

Ïsabelle ! qu'entens-je ?... c'eſt Zerbin... Ah, l'eſpoir commence à naître dans mon cœur.

Z E R B I N.

Eh, que diantre marmottes-tu là entre tes dents ?... Ecoute-moi... tu ne ſais pas le bon de l'hiſtoire... pour moi, j'en ris de tout mon cœur, à préſent que le péril eſt paſſé... Eſt-il rien de plus drôle, que de voir ton poltron de Bacha, qui court partout, qui ſe demene, qui met tout en l'air, en criant qu'on veut l'aſſaſſiner, & pendant ce tems, Leandre, qui parcourt tout à ſon aiſe les appartemens du Serail... Ah, ah, ah... vous avez du cœur vous autres dans ce pays-ci, ah, ah, ah. Eh quoi, tu ne ris pas ? Eſt-ce que tu ne trouves pas cela bouffon ?

I S A B E L L E.

Oh, très-bouffon, *à part.* Dieux, que je ſuis heureuſe ; Leandre eſt fidéle, puiſqu'il cherche à me délivrer.

Z E R B I N.

Le plus divertiſſant, c'eſt que Selim vient d'épargner à mon Maître la peine de ſe ſervir d'une échelle : dans ſon trouble, il a laiſſé la porte du Serail ouverte, & Leandre s'eſt gliſſé dedans ſans peine : oh, je voudrois bien voir la mine qu'il fera demain quand il ne trouvera plus Iſabelle : ah, ah, ah... avec ſon grand air dédaigneux, je ſerois charmé de voir comment il avallera la pillule... Ah, ah, ah, cela lui apprendra qu'on a ma foi plus d'eſprit que lui, quoi qu'il nous mépriſe ſi fort.

S C E N E XIII *& derniere.*

I S A B E L L E, LEANDRE ET ZERBIN.

L E A N D R E.

Eſt-ce toi, Zerbin ?

Z E R B I N.

Oui, Monſieur.

L E A N D R E.

Es-tu ſeul ?

Z E R B I N.

Non, je ſuis avec Haſſan.

L E A N D R E.

Ah, mon cher Zerbin, je ſuis déſeſperé, le ſort me joue

de la plus cruelle maniére : je viens de rifquer ma vie pour retrouver Ifabelle : j'ai parcouru tous les appartements du Serail : j'ai vû toutes les femmes du Bacha, & je n'ai point trouvé l'objet de mon amour. Dieux ! que vais-je faire ? que vais-je devenir ? ... Une telle aventure me confond ; c'eft pourtant Ifabelle qui m'a écrit ; j'ai reconnu fon caractére, comment fe peut-il que je ne l'a trouve point en ces lieux, & que chaque Efclave m'affure qu'elle n'y a jamais paru ?

ZERBIN.

Pour moi, je n'y comprends rien, apparemment que le diable s'en eft mêlé.

ISABELLE *à part.*

Eft-ce un fonge ? Eft-ce une vérité ? L'amour me rend Leandre fidéle : faut-il que l'hymen attache fon fort à celui d'une autre ...

LEANDRE.

Quelle vie infortunée vais-je traîner déformais, j'ai perdu le feul efpoir qui me foutenoit contre toutes mes adverfitez ; je ne reverrai plus Ifabelle ; ce n'eft plus elle que je dois chercher, c'eft la mort ; elle feule peut être un bien pour moi dans l'état déplorable auquel le fort ma réduit : allons, Haffan, fais-nous fortir de ces jardins ; ils me font devenus odieux : j'efpérois y trouver Ifabelle, & le fort a trahi mon efpérance ; puiffai-je en les quittant, quitter auffi le jour.

ISABELLE.

Venez, je vais faire éclairer vos pas *.

ZERBIN *tombant aux pieds du Bacha.*

Que vois-je ? ô ciel ! je fuis perdu ..... Ah ! Monfieur le Bacha, je vous demande pardon.

LEANDRE.

Si vous regardez comme un crime les efforts que j'ai faits pour brifer les fers d'un objet que j'adore, je m'abandonne à toute votre vengeance ; exercez fur moi votre couroux : j'ai perdu le feul objet qui me faifoit aimer la vie : la mort eft le plus grand bienfait, que je puiffe recevoir de vous ; trop heureux en perdant le jour d'avoir au moins tout tenté pour brifer les fers d'Ifabelle.

---

* Elle frappe dans fes mains, comme c'eft la coutume en Turquie lorfqu'on veut appeller quelqu'un, & le Théâtre s'éclaire tout à coup.

ISABELLE.

Quoi, vous aimez une autre que votre épouse ?

LEANDRE.

J'ai confervé la foi que j'ai juré à Ifabelle, je n'ai point formé de nouveaux nœuds ; & je n'ai fuppofé cet hymen, que pour écarter vos foupçons .... Tout mon efpoir s'eft évanoui, ce n'eft plus pour moi qu'Ifabelle refpire ....

ISABELLE *ôtant fon Turban & fes Mouftaches.*

Elle ne vivra jamais que pour vous, cher Leandre.

LEANDRE.

O ciel ! .... Ifabelle .... Ah ! dois-je en croire mes yeux ?

ISABELLE.

N'en croyez que votre cœur & que mes tranfports.

LEANDRE.

Se peut-il que j'aie pu fi long-tems vous méconnoître ? Ah, ma chere Ifabelle, un amour trop tendre a caufé mon erreur : mon cœur feulement occupé de vous, ne voioit point tous les autres objets ; quel fort heureux ! des abîmes de l'infortune l'amour m'éleve au comble de la félicité.

ISABELLE.

Vous faites toute la mienne, cher Leandre : puiffe votre bonheur égaler le mien. •

ZERBIN *qui s'étoit tenu profterné jufqu'à la reconnoiffance, fe releve à ce moment d'un air furpris, & après avoir long-tems confideré Ifabelle, il dit :*

Ah pardi, Mademoifelle, je ne vous aurois jamais cru bonne à faire un Bacha.

ISABELLE *à Leandre.*

Le défefpoir où m'avoit jetté la fauffe nouvelle de votre mort, & les efforts que j'ai faits pour ne vous pas furvivre, m'ont élevée à la dignité que je remplis ; vous apprendrez mes malheurs, fongeons maintenant à fortir de ces lieux.

LEANDRE.

Un Vaiffeau m'attend au Port, il eft prêt à mettre à la voile.

ISABELLE.

Je vole fur vos pas ; je ne vous demande que le tems de déterminer l'aimable Zelica à me fuivre, & rendre la liberté à tous mes Efclaves.

ZERBIN.

N'oubliez pas les filles … les pauvres enfants, je m'en
charge moi, je veux leur faire oublier les mauvais moments qu'un Bacha, tel que vous, a dû leur faire paſſer.

*Les Eſclaves à qui Iſabelle a rendu la liberté, viennent s'en
réjouir & forment le Ballet.*

UN ESCLAVE *chante.*

Amants qui fuyez l'inconſtance,
Que votre ſort eſt doux !
L'amour ne diſpenſe
Ses faveurs qu'à vous :
Amants qui fuyez l'inconſtance,
Que votre ſort eſt doux !

Sur ces fleurettes nouvelles,
Le papillon vif & leger,
Ne fait que voltiger ;
C'eſt le plaiſir qu'il cherche entr'elles :
S'il le trouvoit, le verroit-on changer ?

Amants qui fuyez, &c.

J'ai lû par ordre de Monſieur le Lieutenant Général de
Police, une Comédie qui a pour titre : *Le Bacha de Smirne*,
& je crois que l'on peut en permettre l'impreſſion. A Paris,
ce 4 Novembre 1747. CRÉBILLON.

Vû l'Approbation du Sieur Crébillon, Permis d'imprimer, à
la charge de l'enregiſtrement à la Chambre Syndicale. A Paris
ce 4 Novembre 1747. BERRYER.

*Regiſtré ſur le Livre de la Communauté des Libraires & Im-
primeurs de Paris.* N°. 3201. *conformément aux Reglemens, &
notamment à l'Arret du Conſeil du* 10 Juillet 1745. *A Paris
le* 6 Novembre 1747. G. CAVELIER *pere, Syndic.*

De l'Imprimerie de BALLARD Fils, rue S. Jean
de Beauvais, à Sainte Cécile.

CATALOGUE

DE TOUS LES THÉATRES ET OPERA
Qui se vendent chez Cailleau, Libraire,
rue Saint Jacques, au-dessus de la rue
des Mathurins, à Saint André.

Théâtre François.

RECUEIL des meilleures piéces de l'ancien Théâtre,	12 vol.
De Pierre & Thomas Corneille, nouvelle édition,	11
De Moliere, derniere édition,	8
De Dancour,	8
De Quinault, *in-12.*	5
De Destouches,	5
Théâtre Anglais,	5
De le Grand,	4
De Renard,	4
De Dufreni,	4
De Monfleury,	3
De Boursault,	3
D'Auteroche,	3
De la Grange Chancelle,	3
De Bruiere,	3
De la Chaussée,	3
De l'Abbé Nadal,	3
De Racine,	2

De Crébillon,   2 vol.
De Campiſtron,   2
De Chammeſlé,   2
De Baron,   2
De la Motte,   2
De Poiſſon pere,   2
De Poiſſon fils,   2
De Saint-Foix, *in-*12.   1
De la Foſſe d'Aubigni,   1
De la Tuillerie,   1
De la Font,   1
De Boindin,   1
De Barbier,   1
De Palapra,   1
De Launai,   1
De Pradon,   1
De Piron, *in-*8º.   1
De Fagon, *in-*8º.   1
De Voltaire,
De Laſſichard, 1 vol

Théâtres François & Italien.

De M. Boiſſi, *in-*8o.   8 vol.
Le nouveau Théâtre ou Recueil des meilleures piéces repréſentées aux Théâtres
  François & Italien, *in-*8o.   7
Hiſtoire du Théâtre Italien avec un Cata-
  logue des Tragédies & Comédies, avec
  l'explication des figures qui repréſentent
  leurs habillemens, par M. Ricoboni,
  *in-*8o.   2
Théâtre Italien de M. Ricoboni, *in-*12.   3
Recueil des meilleures piéces de Théâtre
  depuis ſon établiſſement, *in-*12.   9

De Girardi, *in-12.*   6 vol.

Le Marivaux, *in-12.* tant en François qu'en Italien.   6.

Parodie du même, *in-12.*   4

Bibliothéque des Théâtres, *in-8°.*   I

Recherches fur les Théâtres, par M. Beauchamps, *in-8o.*   3

Recueil général des Opera,   16.

Théâtre de la Foire, par MM. le Sage, Fufelier, Dorneval, *in-12.*   10

Théâtre de M. Favar, *in-8o.* avec leurs divertiffemens,   2

Autres piéces qui ne font point en Recueil, contenant un volume *in-8o.*   I

Et toutes fortes de Livres de Mufique, comme la Nôce de village, Ballet Pantomime,   1 par.

Recueil d'airs, Parodies de l'Académie de Mufique & de l'Opera Comique,   7

Nouveau Recueil des meilleurs Menuets, Contredanfes, Vaudevilles de la Comédie Françoife & Italienne avec paroles & fans paroles,   8

Le Paffetems agréable & divertiffant, contenant, Duo, Rondeau de table, Vaudeville & autres,   6

Les Avantures de Cithere ou Amufemens champêtres,   2

La Toilette de Vénus, dreffée par l'Amour, contenant toutes fortes de petits airs nouveaux, tous choifis,   6

Et autres piéces, contenant quatre volumes *in-8o.* gravés.

La Vie & les Amours de Properce Chevalier Romain, avec des Remarques, *in-12*.

Nouveau Voyage fait au Levant ès années 1731 & 1732, par M. Tollot, *in-12*.

L'Architecture des Voûtes, ou l'Art des Traits & Coupes des Voûtes, Traité très-utile & nécessaire à tous les Architectes, Maîtres Maçons, Appareilleurs & Tailleurs de Pierres, &c. par le R. P. Derand, nouvelle édition revûe & corrigée, avec toutes les figures, *in-folio*.

Traité des Ponts & Chaussées, &c. nouvelle édition très-augmentée, avec toutes les figures, par M. Gautier, *in-8o. 2 vol.*

Lettre d'un Genevois à son Corespondant avec des remarques

Piéces nouvelles imprimées
en 1747 & 1748.

L E s Petits Maîtres.

Le Miroir.

Le Bacha de Smirne.

Les Tableaux.

Le Printemps.

La Dispute.

Le Préjugé vaincu.

Venise sauvée, Tragédie.

Lamour Castillan
La rivale Suivante
Le Cole amoureuse

On trouve chez le même Libraire un assortiment général de toutes les Piéces de Théâtre, tant anciennes que nouvelles, détachées ; il a soin d'avoir les Livres, Comédies & Musiques, si-tôt qu'ils paroissent.

Histoire du Stadhouderat depuis son origine
& d'un Seigneur Hollandois a un de ses